Christie's, les nazis et moi

DU MÊME AUTEUR

Chez le même éditeur

LE LIVRE DE JIM-COURAGE, 1986 (#format-poche 2021)

PRINCE ET LÉONARDOURS, 1987

L'HOMME QUI VOMIT, 1988

LE CŒUR DE TO, 1994

CHAMPION DU MONDE, 1994

MERCI, 1996

LES APEURÉS, 1998

LE PROCÈS DE JEAN-MARIE LE PEN, 1998

CHEZ QUI HABITONS-NOUS ?, 2000

LA LITTÉRATURE, 2001

LÂCHETÉ D'AIR FRANCE, 2002

JE VOUS ÉCRIS, *récits critiques*, 2004

MA CATASTROPHE ADORÉE, 2004

CEUX QUI TIENNENT DEBOUT, 2006

Les autres titres de Mathieu Lindon sont répertoriés en fin de volume.

Mathieu Lindon

Christie's, les nazis et moi

P.O.L
33, rue Saint-André-des-Arts, Paris 6e

ISBN : 978-2-8180-6487-0
www.pol-editeur.com

Mon arrière-grand-père (le père du père de mon père) adorait la peinture et s'était constitué une collection d'envergure qu'il enferma dans des coffres de la Chase Bank, à Paris, quand il quitta la France pour les États-Unis au début de la Deuxième Guerre mondiale. Les nazis s'en emparèrent et, s'il récupéra quelques tableaux après 1945, il n'en resta pas moins spolié de chez spolié.

Il est mort en 1948 et donc aucun de nous, ses arrière-petits-enfants (les petits-enfants de mon grand-père), ne l'a le moins du monde connu. Tant de temps s'était écoulé que cette spoliation ne semblait guère nous concerner, si ce n'est que, au fil des décennies, des toiles réapparurent. Le Musée des beaux-arts du Canada, à Ottawa, constatant qu'il se trouvait possesseur d'une de ces œuvres, eut l'honnêteté (et l'élégance, quand on connaîtra la suite) de nous la rendre sans qu'on ne demande rien, puisqu'on ne savait pas qu'elle s'y trouvait (il s'agit du *Salon de Madame Aron*, de Vuillard), et elle fut vendue chez Christie's en 2006, personne de la famille n'ayant les moyens ou l'envie (ou les deux) de la racheter à soi tout seul.

Je me souviens que mon oncle qui s'occupait de suivre l'affaire, énervé par l'intérêt financier exagéré à son goût qu'y prenaient des descendants de mon arrière-grand-père (mais non de mon grand-père), proposa que, pour récompenser le Musée des beaux-arts du Canada de sa conduite exemplaire, on lui laisse le tableau, « en toute conscience et honnêteté », ajouterais-je pour parler comme Hamlet et le comte de Monte-Cristo. Ce don nécessitait l'accord de l'unanimité des spoliés, ou plutôt des héritiers, et cette proposition fut sans suite.

Puis un autre tableau refit surface, *Premier jour de printemps à Moret*, de Sisley. Moins scrupuleux que le Musée des beaux-arts du Canada, Christie's a vendu ce tableau à un galeriste suisse en 2008 sans se soucier qu'il était sur la liste des biens spoliés. Comme le prix de vente fut de 350 000 euros, cacahuètes pour Christie's et son propriétaire François Pinault, je pensais que, dès qu'ils seraient au courant de la situation ou ne pourraient pas prétendre ne pas l'être, ils régleraient tout au plus vite, désireux de ne pas être mêlés à une aussi peu prestigieuse affaire.

Pour nous, les arrière-petits-enfants, récupérer l'œuvre est avant tout une question de principe, de sorte que c'est tant mieux qu'elle ait été vendue 350 000 euros plutôt que des centaines de millions, ainsi qu'il arrive à Christie's de faire (j'apprends par Wikipédia que, du 8 au 10 mai 2018, la vente par ses soins de la collection de Peggy et David Rockefeller a atteint 832,5 millions de dollars). Certes, 350 000 euros est une somme, mais il me semble qu'on ne peut cependant guère être accusés de cupidité, dans la mesure où, mon arrière-grand-père ayant eu cinq enfants et mon grand-père quatre, nous n'avons droit qu'à des pourcentages peu considérables (un chouia plus qu'1,92 %, quand même, pour moi qui ai une sœur et un frère) et qu'on a déjà engagé de l'argent en frais de procédure ou d'avocats (surtout en Suisse, car, en France, ce n'est pas non plus l'appât du gain qui guide notre avocat), et que Christie's ou n'importe quelle société toucheront bien sûr aussi leur part en cas de revente.

C'est une question de principe. Détournant un slogan soixante-huitard, il me semble que, pour les biens spoliés, « une seule solution, la restitution », alors qu'en fait ce serait une révolution pour Christie's de procéder ainsi, c'est-à-dire avec une honnêteté élémentaire. Mais je pensais que même si Christie's restait misérablement attaché à son argent indépendamment de toute autre valeur, il n'en serait pas de même pour François Pinault. C'est un des hommes les plus riches de France et avec un des grades les plus élevés dans l'ordre de la Légion d'honneur, apparemment le plus sympathique des trois milliardaires dont le nom apparaît couramment dans les médias. J'imaginais que l'honneur était une valeur qui l'intéressait pour de vrai et que, autant il était plausible que lui personnellement n'ait été au courant de rien à certains moments, autant il était invraisemblable qu'il soit toujours ignorant de tout après que *Le Monde* a consacré une page à l'affaire en 2018 et que *Le Figaro* a fait de même début 2024.

Ce qui me paraissait invraisemblable à moi était que pour Christie's et François Pinault aussi, c'était une question de principe, semble-t-il. Il ne faut pas qu'on les spolie, eux, des œuvres spoliés par les nazis, l'art et l'argent étant sans doute des choses trop sérieuses pour être dévolus à de simples héritiers légitimes. Je comprends que le principe de l'héritage puisse poser diverses questions (encore qu'elles ne paraissent pas tarauder François Pinault dont le fils François-Henri a déjà plus ou moins pris la succession) mais je ne comprends pas par quelle aberration Christie's ou François Pinault seraient les héritiers de l'Allemagne nazie. Et si c'est à ça qu'ils prétendent, qu'au moins ils le fassent ouvertement – je ne suis pas sûr que François Pinault conserverait alors sa grand-croix de la Légion d'honneur et, quoi qu'on pense de cet ordre, sa destitution dans ces conditions me paraîtrait une chose pour le coup honorable.

Dans les récits familiaux, cet arrière-grand-père est la personne avec qui commence la famille, sans doute parce qu'il en a créé la richesse. À ce que j'ai compris, il était un petit garçon s'appelant Abner Lindenbaum quand ses parents fuirent un *shtetl* polonais (laquelle Pologne appartenait encore à l'Autriche-Hongrie, me fait remarquer Wikipédia) pour Londres en raison de la misère et de l'antisémitisme. À ma connaissance, personne de la famille d'aucune génération ne crut bon depuis de remettre les pieds dans ce village originel, ni d'ailleurs à Cracovie où il serait né, fût-ce comme un pèlerinage. Il est vrai aussi que ce qui se produisit en Pologne durant le Troisième Reich n'est pas souvent de nature à inciter des Juifs à y pèleriner et que le village dont j'ignore jusqu'au nom a peut-être été rayé de la carte.

Mon arrière-grand-père va plus tard, je crois, hériter d'une petite entreprise travaillant les perles ou les diamants que son père a plus ou moins créée à Londres et il se révèle alors des plus doués de sorte que, intelligent et malin comme mon grand-père et mon père me le décrivirent toujours, il fait vite fortune.

Il aime beaucoup l’argent et il aime beaucoup la peinture. Il aime tant la peinture que regarder les œuvres qu’il admire ne lui suffit pas et il adore les copier, activité pour laquelle il semble avoir un don hors du commun, puisque après avoir regardé un tableau dans un musée il est capable de le reproduire sans plus l’avoir sous les yeux en rentrant chez lui et qu’il s’y consacre quand il se retire de sa vie professionnelle, dans la seconde moitié des années 1930.

Cette passion est à l’origine d’une anecdote que toute la famille connaît à travers les générations et que Justin, le fils de ma cousine Sarah, nous remet en mémoire quand il publie à usage familial *Petit Catalogue de l'œuvre copié d'Alfred Lindon*, aux Éditions du Tilleul où étaient déjà parus d'autres titres sur la famille écrits par sa grand-mère Hélène, la sœur de mon père – le nom de cette maison d'édition pas commerciale étant la traduction française de Lindenbaum (mon père utilisa également le Tilleul quand il créa une société pour une librairie).

Il n'y eut pas que ses possessions à la Chase Bank qui furent dévalisées, également ce qui se trouvait dans son appartement de l'avenue Foch où je suis allé quelques fois voir mon arrière-grand-mère, Fernande, qui mourut en

1963, quand j'avais huit ans. Après la guerre, lorsque fut organisée une exposition des Chefs-d'œuvre des collections privées françaises retrouvés en Allemagne, y apparut *Tête de femme : Mme Lucy*. Des experts en tout genre et de toutes nationalités (allemande, américaine et française) décrétèrent qu'il s'agissait d'un tableau de Toulouse-Lautrec. Personne ne fut arrêté par le fait qu'un *Portrait de Mme Lucy* exactement semblable se trouvait déjà au Louvre, les peintres, comme chacun sait, retravaillant à loisir le même thème.

Mon arrière-grand-père, qui ne signait pas ses copies, destinées à son usage personnel (et celles qu'il signait, c'était de son nom), en reconnut une qu'il avait faite et conservait dans un tiroir de son appartement. C'est mon grand-père juriste qui rédigea pour la revue *Arts* une lettre mettant fin au malentendu et où c'est donc prétendument mon arrière-grand-père qui écrivait : « Si flatteuse que soit cette méprise pour mon amour-propre d'amateur, le respect que je porte à la gloire de Toulouse-Lautrec me fait un devoir de ne pas la laisser se perpétuer. »

Et selon mon grand-père, c'est mon arrière-grand-père lui-même qui avait prononcé, sans doute à de nombreuses reprises, cette phrase que j'ai entendu également mon père lui attribuer en substance : « Il y a des métiers comme la joaillerie, les antiquités, les tableaux, où ceux qui sont honnêtes, travailleurs, consciencieux et doués, au bout d'un certain temps, réussissent ; ils deviennent riches. Les autres, qui ne réussissent pas, deviennent experts. » Au fil des générations, ce sont à des catégories professionnelles excédant joaillerie, antiquités et tableaux que se trouvera appliqué par ses héritiers ce mépris associé à la prétendue expertise.

Le succès dans la famille de l'affaire Toulouse-Lautrec tient selon moi à ce qu'y sont magnifiés à la fois le talent de copiste d'Alfred et la rigueur familiale, les propriétaires se démenant généralement plus pour faire reconnaître leurs tableaux comme des originaux que comme des copies. C'est décidément nous les originaux, nous à travers les générations.

Dans son *Petit Catalogue*, Justin raconte une autre histoire dont j'ignorais tout et qui me plaît. Mon arrière-grand-père avait aussi une nature morte de Manet dont il n'était pas établi qu'elle était entièrement de Manet, un expert supposant que l'œuvre aurait pu « être terminée par un de ses élèves ». Toujours est-il que mon arrière-grand-père, qui l'avait récupérée en 1946, s'en débarrassa avant sa mort, en 1948 – c'est-à-dire qu'il la vendit. Mais non sans en avoir fait une copie. Or il était devenu ami avec ses voisins de l'avenue Foch, eux aussi collectionneurs d'art, Hélène et Victor Lyon. Ceux-ci appréciaient tant le tableau que mon grand-père, ne pouvant plus les mettre en possession de l'original, leur offrit sa copie. Et les Lyon l'appréciaient tant que, toute copie qu'elle fût, ils l'intégrèrent à leur collection. Et quand ils léguèrent cette collection, l'une des clauses du don était qu'elle soit indivisible et conservée en un lieu unique. Et donc, depuis 1977, *Nature morte aux pivoines*, en vérité d'Alfred Lindon, est exposé au Musée du Louvre dans la salle Hélène et Victor Lyon.

Sinon, voilà ce que je sais de mon arrière-grand-père, outre qu'il utilisa une partie de sa fortune pour le bien de ses descendants, finançant en particulier les études à Cambridge d'un de mes oncles. Mon grand-père lui ressemblait beaucoup, à en juger par un tableau qu'il possédait, une photo illustrant l'article du *Monde* de 2018 et une autre dans le livre de Justin. Mon père prétendait que son grand-père parlant d'argent employait l'expression « fifty-fifty » en croyant ainsi se rendre incompréhensible pour ses domestiques. Et que parler d'argent lui était si familier que, à la fin de sa vie, lorsque la maladie le fit souffrir sévèrement, il disait avec son accent à couper au couteau en français « Mes douleurs, mes douleurs », et qu'un de mes oncles, alors jeune, prétendait entendre : « Mes dollars, mes dollars ».

Il était à ce point juif que mon père, qui devait être présent ce jour-là, me raconta aussi que quand ce même oncle, enfant ou adolescent, demanda un jour à mon arrière-grand-père, pendant un repas, qui était Jésus-Christ, provoquant l'inquiétude des autres convives par une question aussi inappropriée, mon arrière-grand-père, après un instant de silence, répondit simplement : « Un méchant homme », mettant fin au malaise mais ouvrant un considérable champ d'exégèses. Un soir que je dînais seul avec mes grands-parents dans leur maison d'Étretat, mon grand-père me raconta aussi ça, que je goûtai d'abord comme une sorte d'histoire juive et qui m'a d'autant plus plu que, quand j'en ai ensuite parlé à mon père, il ne connaissait pas cette réplique : après je ne sais quelle maladie, mon arrière-grand-père retourne à son travail et son associé lui demande s'il a souffert. Réponse : « Souffert ? Si j'ai souffert ? Mais, à mon pire ennemi, je ne souhaite pas 50 % de ce que j'ai souffert. »

Dans ma naïveté qui se perpétue (car perpétuellement je crois que Christie's et François ou François-Henri Pinault vont soudain, par honnêteté, respect d'eux-mêmes, souci de leur réputation et j'en passe, régler l'affaire au plus vite pour se débarrasser de cette honte qui finira à la longue par leur coller au nom et à la peau), naïvement, donc, je crois toujours que ça y est, les négociations vont aboutir. Car négociations il y a depuis des années et des années (l'article du *Monde* de 2018 étant déjà la conséquence d'une volonté de rendre enfin publique l'affaire dans l'espoir – je n'étais pas le seul à être naïf – d'influer sur l'inconduite de la maison de ventes et de ses propriétaires), Christie's ne semblant pas considérer qu'il soit le moins du monde répréhensible en soi de faire le commerce des œuvres spoliées au mépris de ceux qui ont été spoliés et se fichant que ça se sache.

L'acheteur du Sisley chez Christie's est un galeriste suisse au nom juif qui précise dans *Le Figaro* « ne pas être juif mais fils de résistant ». Il est en tout cas très résistant à sa manière. J'ai beau être naïf et ne rien y connaître, même à moi qui ne suis pas galeriste serait venu un soupçon en achetant une œuvre dont le propriétaire est inconnu durant une période englobant les années 1939-1945, fût-ce chez Christie's présenté à cette occasion comme un modèle de vertu, ce qui est effectivement l'image que l'entreprise veut donner à coups d'interventions dans des colloques, espérant manifestement que les faits honteux ne pèsent pas lourd face aux paroles doucereuses. Et d'autant plus que ce Sisley est revenu dans le système par l'intermédiaire d'une galerie paraît-il fameuse pour accomplir cette sorte de blanchiment artistique.

Le galeriste suisse est à certains moments d'accord pour rendre l'œuvre si Christie's la lui rachète au prix qu'il l'a achetée augmenté d'une partie (pas plus de la moitié, en tout cas, si j'ai bien compris) des intérêts considérables que la société réclame à ses clients quand ils ne paient pas en temps voulu. « Non mais vous n'y pensez pas » semble être en substance la réponse de l'entreprise. Mais quand ses exigences sont encore plus raisonnables, elles ne demeurent pour l'entreprise que des exigences, comme si elle avait affaire à un maître-chanteur. C'est comme s'il serait immoral, déshonorant et anticommercial en diable que Christie's se sépare du moindre euro pour quelque chose d'aussi peu de valeur que la morale ou l'honneur.

Mon grand-père s'était occupé de rechercher toutes ces œuvres disparues mais il est mort début 1992. Un temps, un de mes oncles le fit aussi, par fidélité envers son propre grand-père. Mais, pendant longtemps, personne de ma génération ne s'est soucié de ces tableaux. Quand la société Mondex, prétendument spécialisée dans la récupération des œuvres spoliées en échange d'un pourcentage sur les ventes, nous démarcha il y a une vingtaine d'années, aucun de nous ne répondit. Personnellement, je croyais tout bonnement à une tentative d'escroquerie. J'avais tort. La branche américaine de la famille, dont j'appris l'existence à cette occasion, y fit appel, avec succès puisque c'est Mondex qui dénicha le Sisley. Dès lors, ma cousine Rachel, puis Justin, de la génération suivante, quand Rachel en a eu sa claque, se sont attachés à rétablir les faits – et en établir d'autres, il y a en fait une flopée d'œuvres spoliées dont Christie's et Sotheby's ont fait leurs choux gras (un Braque et un Monet en ce qui concerne Christie's).

Le Sisley, donc. Je ne me suis absolument pas occupé de l'affaire qu'en réalité je connais surtout par les articles du *Monde* et du *Figaro* qui ont évidemment bénéficié de toutes les recherches familiales et de celles de notre avocat, puisque avocat il faut qu'il y ait. Le tableau est réapparu vers 1972 par l'intermédiaire de cette galerie Wildenstein, familière, semble-t-il, de la réintroduction sur le marché des œuvres spoliées. Si Christie's avait regardé dans les archives de Washington ou de Coblence, en Allemagne, la société aurait immédiatement su à quoi s'en tenir. Dans le répertoire des biens spoliés, le tableau apparaît, quoique sous un autre nom. Mais Christie's aurait en outre pu se renseigner – aurait dû ? – auprès de la famille avec qui elle était déjà en affaire, puisque c'est Christie's qui a vendu le Vuillard restitué par le Musée des beaux-arts du Canada, restitution qui avait mis la puce à l'oreille de Mondex et l'avait incité à contacter la famille.

Et donc, pour défendre son honnêteté, c'est en quelque sorte son incompétence que Christie's met en avant : oui, mais à l'époque (en 2008, quand même, ce n'est pas la plus haute antiquité)... En tout cas, que l'œuvre qu'elle a vendue ait été spoliée (et qu'elle n'ait pas fait preuve de la moindre efficacité dans les vérifications qu'elle prétend cependant avoir faites), la société ne le met pas en question. Et cet aveu me paraît valoir point final.

En vérité, c'est même jusqu'à Hermann Göring qu'est arrivé le Sisley, le dignitaire nazi échangeant selon *Le Monde* dix-huit toiles impressionnistes de mon arrière-grand-père contre un Titien, et sa présence possessive se matérialisant par les initiales HG derrière la plupart de ces œuvres, initiales qui pour moi évoquent plutôt Hervé Guibert dont j'étais proche et qui jouait des initiales dans son œuvre à lui, de sorte que cette homonymie restreinte m'amuse, mais HG ne joue pas non plus en faveur de Christie's même si ces lettres ne sont pas derrière le Sisley.

Au début, on croyait que tout allait se régler à l'amiable. Les choses étaient si claires et nettes qu'on ne voyait pas l'intérêt de Christie's à les faire durer, même si la société était en partie tributaire du galeriste suisse dont il s'avéra rapidement qu'il n'en faisait pas non plus des tonnes pour arranger facilement les choses, comme si c'était lui la victime et qu'il lui fallait être dédommagé en conséquence (ses ambitions financières semblent avoir fluctué au gré des avancées et reculades des négociations pour devenir cependant parfois raisonnables). Et c'est pourquoi mon oncle avait porté plainte, dans l'espoir d'empêcher l'arrivée du tableau en Suisse où il apparaissait que, à l'égal d'autres valeurs purement monétaires, il serait à l'abri de la morale publique et européenne, la France et l'UE ayant fini par arriver à des règles élémentaires à l'égard des tableaux spoliés et de ceux qui se les sont appropriés, fût-ce à grand prix.

Mais la magistrate chargée du dossier prit, je suppose à bon droit (je ne soupçonne pas que sa grossesse fut feinte), son congé maternité avant que l'affaire soit réglée et la personne qui la remplaça ne jugea pas, sans doute à bon droit quoique je ne connaisse rien des autres affaires traitées et que peut-être aucune ne le fût, toutes ayant l'excuse invérifiable que de plus importantes les éclipsaient, la remplaçante, donc, ne jugea pas que l'affaire était prioritaire, et de fait elle ne le fut pas, tandis que le galeriste suisse jugea prioritaire que le tableau y soit, dans son cher et beau pays à l'abri de la curiosité des envieux du monde entier. Bien sûr qu'aujourd'hui la Suisse s'est fait son idée sur le nazisme, une chose horrible devant laquelle aucune neutralité ne devrait tenir, mais Hitler et le Troisième

Reich, c'est du passé, et là on est face à ce qui représente le présent et l'avenir : l'argent. Alors pourquoi se déranger pour des spoliations d'un autre siècle?

En fait, après que j'ai fait lire ce texte avant publication à des êtres mieux informés que moi de l'affaire, j'ai compris que, après le dépôt de notre plainte, le parquet a immédiatement fait saisir la toile et ordonné sa séquestration en Suisse où elle était déjà arrivée. Et c'est pourquoi on se retrouve maintenant à la merci de la justice suisse qui n'a peut-être pas les mêmes inconvénients budgétaires que la française mais en a d'autres.

Moi, je trouverais normal que le tableau nous soit restitué sans autre forme de procès, sans qu'on n'ait rien d'autre à faire qu'attendre sa livraison, maintenant que les faits sont avérés et que personne ne les nie. Mais cette vision morale, faut-il dire puritaine dans l'état actuel des transactions financières ? ne résiste pas à l'épreuve des négociations, puisque, encore une fois, négociations il y a, et Rachel puis Justin, quoique convaincus également qu'il s'agit d'une question de principe, ont multiplié ce qu'on ne peut appeler que des concessions, dans la mesure où c'est bizarre de racheter, fût-ce en partie, ce qui nous appartient.

Surtout, ces concessions n'aboutissent perpétuellement à rien, soit que Christie's les juge insuffisantes, soit que le galeriste suisse et Christie's n'arrivent pas à s'entendre, les exigences de l'un et de l'autre ne correspondant pas sans que la morale ait le moindre mot à dire, et, avec les exigences purement financières, il est en effet facile de constater rapidement les désaccords (les chiffres n'ont pas de synonymes, il n'y a pas de malentendu). Ainsi, perpétuellement, il y a des moments où, nous, on croit que ça y est, la morale et le tableau sont chez nous, et puis non – ce n'est pas que la morale quitte notre camp, seul le Sisley s'obstine à le déserter.

Si j'ai bien compris (je ne suis pas le négociateur !), la plus grande concession de Christie's semble être de nous considérer comme les copropriétaires du tableau à l'égal du galeriste suisse et de proposer de vendre de nouveau le tableau dont nous nous partagerions pour le coup à fifty-fifty le produit (tandis que la société toucherait de nouveau son pourcentage sur l'opération). Même si le galeriste n'est pas lui-même le voleur, ce serait surprenant d'étendre cette manière d'agir à toutes les œuvres volées, en partageant en définitive la valeur entre propriétaires et voleurs ou receleurs (ou héritiers des uns ou des autres), comme si on vivait dans un monde proudhonesque où la propriété était le vol, règle qui ne sous-tend pas le monde ultracapitaliste d'aujourd'hui ni l'existence de Christie's ni la fortune de ses propriétaires (et qui empêche, sous peine de contradictions à l'infini, de rendre quoi que ce soit à qui que ce soit s'il doit s'en prétendre le propriétaire). Dans les films, on voit bien des compagnies d'assurances négocier ainsi avec des bandits, mais pas aux dépens des assurés. Et avec des bandits.

À chaque étape dont je suis informé, j'en reviens à mon idée première avec un optimisme et une régularité qui ne sont pas à l'honneur de mon intelligence. Voilà un homme, François Pinault, qui est un des plus riches de France, qu'est-ce qu'il va se déconsidérer avec une histoire miteuse dans laquelle sa société et donc lui jouent un rôle lamentable. Si j'étais moi aussi riche à milliards, il me semble que je ne me soucierais pas d'argent. N'est-ce pas à ça que sert la richesse, à pouvoir ne pas s'occuper d'argent ?

Mais qu'est-ce que j'en sais, des milliardaires ? Peut-être François Pinault veut-il plus que tout, comme l'ambition de sa vie, regagner une place dans le classement des hommes les plus riches de France et est-ce dans ce but qu'il évite de dépenser le moindre sou qu'il peut économiser. Ou peut-être est-ce ça qui les amuse, les milliardaires, gagner des milliards, et tout le reste, art et morale inclus, des distractions d'un instant qui ne pèsent pas lourd face à cette injonction première. C'est plus facile et moins généreux de s'acheter une respectabilité hors du commun en constituant une fondation quand on parvient par ailleurs à acquérir ou commercialiser des œuvres par tous les moyens, y compris le moins respectable – ça le fait moins, comme *artwashing*.

Un ami lecteur du *Figaro* et travaillant dans la haute fonction publique me contacta après avoir lu l'article annoncé en une, « La famille Lindon récupérera-t-elle son Sisley spolié par les nazis ? », étonné que l'affaire puisse vraiment se dérouler telle qu'elle était décrite. Je lui racontai que j'avais acheté *Le Figaro* pour la première fois de ma vie (« Vous vous radicalisez, Mathieu », constata-t-il drôlement) et que tout était vrai. Il se fit fort d'intervenir auprès de gens susceptibles d'informer François Pinault du caractère indéfendable de l'affaire. Il avait la même naïveté que moi : ainsi fut peut-être fait, en tout cas rien ne changea.

On en revient à ça : peut-être que c'est comme ça, les milliardaires, François Pinault et son fils François-Henri. Peut-être qu'une telle richesse nécessite de se compromettre moralement et qu'il y a une forme d'honnêteté dans cette cupidité, que cette élite financière (comme ces deux derniers mots forment un étrange assemblage !) n'est pas astreinte aux mêmes règles que le reste de la population de la planète – c'est le prix, doux prix ? à payer pour en faire partie, de cette élite financière vivant dans un autre monde.

Parce que, à la fois, peut-être que les cacahuètes que sont pour eux les 350 000 euros et que je perçois comme un mobile d'en finir au plus vite avec cette affaire sont à l'inverse une raison de ne pas s'en mêler : si François et François-Henri Pinault commençaient à s'intéresser à ce qui doit leur apparaître comme l'argent de poche de leurs sociétés, ils auraient sans cesse l'esprit occupé par des broutilles entachées de morale et ne pourraient pas saintement s'occuper de la multiplication des petits milliards.

Sans compter que les gens à qui ils s'adressent dans les sociétés en question, d'une façon ou d'une autre leurs employés, doivent être à la fois moins riches et plus gênés aux entournures éthiques, de sorte qu'il est compréhensible qu'ils manifestent à l'occasion quelques velléités d'indépendance, fût-ce en se montrant moins moraux que leurs patrons si ceux-ci, pour un instant, changent leur argent d'épaule et se piquent d'éthique, histoire pour ces employés de prouver qu'on vit en démocratie et qu'il n'y a pas de raison que l'inconduite soit réservée à cette élite financière déjà évoquée, et que la désobéissance n'a pas à être perpétuellement civile mais peut tout à fait être incivile. Peut-être est-ce leur manière de dénoncer l'imposture en œuvrant pour qu'elle ne demeure pas cachée.

Ce serait trop facile, une fois de temps en temps, d'essayer de se mettre dans le camp des purs parce que *Le Monde* ou *Le Figaro* ont dévoilé ceci ou cela, en feignant de ne pas savoir que si on met le doigt dans un engrenage à prétention vertueuse, on finira tout entier dans un triste état. Parce que déjà dans ma famille, il n'y a pas que le Sisley, mais, surtout, il n'y a pas que ma famille. Ce serait un déplorable précédent de saisir le parti des spoliés du Troisième Reich. On ne saurait plus où arrêter les restitutions et on ferait désormais partie d'une élite qui s'amenuiserait financièrement. Si prenait à certains ultrariches l'idée de rendre les biens mal acquis, ce serait rapidement tout un strip-tease financier dont, paradoxalement, l'obscénité accablerait ceux qui le pratiquent.

Tandis que ma position est moralement plus agréable, à être né avec le bon côté de cette morale dans la bouche sans avoir rien fait qu'être spolié plus d'une décennie avant ma naissance – en échange, cependant, Christie's et les Pinault sont du bon côté de l'argent, et ces nouveaux La Fontaine n'en finissent pas de vouloir montrer, tout à l'heure et à tout bout de champ, que la raison du plus riche est toujours la meilleure. Mais je ne suis pas qu'un pauvre agneau, si certains loups n'arrivent pas à s'empêcher d'être toujours des loups pour les agneaux, les hommes et les spoliés du Troisième Reich. Estiment-ils que mon arrière-grand-père, mon grand-père et mon père, ayant tous survécu à la guerre, auraient été malavisés (et pourquoi pas ingrats, injustes ?) de se plaindre pour une question de principe (qu'eux voient comme une question d'argent), et a fortiori moi qui peux difficilement prétendre avoir souffert de la Deuxième Guerre mondiale ?

D'ailleurs, c'est amusant – ou instructif, ou stupéfiant, ou atterrant – de constater que l'actuel responsable de Christie's[1] est l'ancien directeur général de la répression des fraudes (« de la concurrence, de la consommation

1. Il ne l'est plus, ayant été promu. Pour avoir vaillamment rejoint la résistance contre les spoliés ?

et de la répression des fraudes », me reprend Wikipédia). Il n'était pas dans l'entreprise en 2008, lors de la vente du Sisley, mais sa connaissance de l'événement, comme pour les Pinault, ne paraît aider en rien à la résolution du cas. Manifestement, son ambition de réprimer les fraudes et pire que ça s'est altérée en quittant le public pour le privé. Bien sûr, Christie's n'a déporté ni exterminé personne, mais serait-ce trop demander à l'entreprise de prendre le parti des spoliés plutôt que des spoliateurs, surtout tellement de temps après, quand il n'y a plus aucun risque que financier ? Sauf que : y a-t-il plus grand risque que financier pour les milliardaires et leur personnel ?

Il apparaît que l'urgence perpétuelle de l'entreprise et de ses propriétaires est de faire des économies (annonciatrices de bénéfices plus goûteux) et donc de régler l'affaire au moindre coût, étant entendu que l'aspect éthique réputationnel peut être dilapidé – ici, quand on parle coût, on parle coût financier. Moi, j'aurais l'idée que se trouver du mauvais côté du Troisième Reich risque de finir par être contre-productif même économiquement et qu'il y a donc un double intérêt à respecter la morale : porter beau et sécuriser son capital. Il semble que j'ai tort. Rien n'a l'air de taille à attenter à la réputation de François et François-Henri Pinault (ils sont si riches).

Quant à Christie's, personne ne s'y rend pour prendre une leçon de vertu mais bien dans l'espoir de vendre au meilleur prix, de sorte que, passé l'agacement que l'entreprise prétende à la vertu et ne soit en droit de s'en réclamer que par ses déclarations et non par ses actes, peut-être est-elle fidèle à ce qu'elle assure être, quoique je ne sois pas la bonne personne pour juger si elle vend vraiment au meilleur prix ou si des concurrents feraient mieux, concurrents dont j'ai appris à craindre qu'ils ne la concurrencent pas forcément en termes éthiques.

Et puis, moi, je ne suis pas multimilliardaire, je n'ai aucune compétence pour me mettre à la place de François ou François-Henri Pinault. Moi qui ne suis certes pas financièrement à plaindre, je ne serais sans doute à leurs yeux, si jamais j'y existais, qu'un jaloux, un envieux, un de ces nuls qui s'estimeraient déjà ultrariches avec un seul misérable milliard d'euros en poche. Nullité héréditaire. Je me souviens qu'un cousin m'a raconté il y a quelques années que notre grand-père lui avait lui-même raconté s'être débarrassé d'un Monet et d'un Renoir (ou ce genre) qui étaient dans son appartement bien avant qu'ils atteignent des prix insensés, parce que c'était « trop compliqué » avec les assurances. Mon cousin et moi avions quand même regretté cette fortune envolée par commodité.

Par mon ami haut fonctionnaire, j'ai rencontré au ministère de la Culture un homme fort sympathique et apparemment compétent (c'était passionnant de l'écouter) qui offrait le secours du ministère, le gouvernement français ayant à l'époque plus de réticences que la famille Pinault à perpétuer la victoire des spoliateurs sur les spoliés – politiquement, Hitler n'a pas aujourd'hui le vent en poupe dans la démocratie hexagonale (espérons que ça dure).

Mais Justin avait ses raisons de ne pas user de ce joker si vite, estimant qu'il serait plus judicieux de faire le point après que l'affaire Sisley serait réglée, fût-ce à nos entiers dépens, vu que c'était la vente la plus récente opérée par Christie's des biens familiaux spoliés, et que si déjà on n'arrivait à rien dans ce cas précis malgré toutes les évidences en notre faveur, évidemment qu'il faudrait user de tous les moyens possibles pour les autres tableaux vendus auparavant par Christie's (et Sotheby's) et dont je venais d'apprendre l'existence. Et moi qui n'ai été d'aucune aide (pour le coup, sinon financière, je paie quand il réclame de l'argent pour je ne sais quels frais d'avocat ou de procédure, une fois encore), je me voyais de toute façon mal me mêler pour donner des conseils qu'il ne me demandait pas et que j'aurais été bien en peine de formuler autrement que par « Réglons cette affaire au mieux », conseil qui bénéficie du consensus familial sans que j'aie besoin de l'exprimer.

En tout cas, je n'ai rencontré personne vantant la conduite de Christie's comme celle que naturellement il faut tenir et je me demande de quelle manière les gradés de l'entreprise justifient la leur. On pouvait penser que c'était au nom d'un rapport avec l'art, fût-il transformé en bel et bon argent, qu'ils travaillaient dans une maison de ventes, mais quel intérêt pour ces gens nés après la Deuxième Guerre mondiale de s'y trouver renvoyés, comme si leur métier consistait à être solidaires non de l'extermination des Juifs mais de la confiscation de leurs biens. J'imagine qu'ils ne doivent pas se présenter les choses ainsi dans leur for intérieur. De même que l'incompétence de l'entreprise tient lieu d'excuse, l'appât du gain doit en être une autre. C'est de l'argent qu'ils sont solidaires, eux et leurs propriétaires, voyez-vous, pas des nazis, alors pourquoi leur reprocher quoi que ce soit. La solidarité implicite avec les nazis n'est qu'un dommage collatéral.

Je n'en reviens toujours pas, à aucun instant, de la position à mes yeux indéfendable de Christie's, ses employés et ses propriétaires à qui à aucun instant elle ne doit sembler telle, ou sans doute, encore une fois, est-on au-dessus de la morale quand on est ultrariches ou tributaires de gens tellement ultrariches. Encore une fois, ce qui leur semble indéfendable doit être de se défaire du moindre euro sans y avoir été contraints par une décision de justice ou sans en être arrivés à considérer que gérer le trésor des nazis – ou, plutôt, des spoliateurs – pourrait finir par leur causer un tort véritable, c'est-à-dire financier. Probablement que l'atteinte à leur réputation, ils s'en fichent, d'autant que le plus gros de la réputation de François et François-Henri Pinault est d'être ultrariches, et rien ni personne ne remet ça en cause. Même une honnêteté basique ou généreuse à l'égard des spoliés ne battrait pas en brèche cette fortune considérée comme argument éthique.

La loi française est telle qu'un droit moral, éternel et inaliénable, revient aux héritiers des artistes qui peuvent interdire un livre ou une exposition s'ils estiment qu'elle contrevient à la volonté de l'auteur (et que le tribunal les suit en cas de contestation). Il arrive que, à l'inverse de ce pour quoi il a été conçu, certains héritiers aliènent ce droit inaliénable, le galvaudent, en en faisant commerce, autorisant ce qu'ils ne devraient pas en échange d'une riche consolation. M'amuse de penser (la pensée me plaît comme extravagance, le fait me désole) que, à l'inverse, certains ne risquent pas de galvauder de l'argent pour de la morale à quatre sous, pour détourner un titre de Brecht dont, chez Christie's, on semble se faire gloire de détourner à sa façon le principe de distanciation, ici celle avec toute éthique, au mépris de la volonté de l'auteur.

J'ai l'impression, peut-être tout à fait fausse mais j'en serais surpris, que l'argument de Christie's et de ses propriétaires est en gros que ce n'est pas parce que la boîte nous a roulés qu'elle devrait elle-même se faire rouler par le galeriste suisse, acheteur du Sisley, auprès de qui elle essaierait avec une intensité indéterminable et peut-être inexistante de régler l'affaire au meilleur prix en supposant qu'il savait très bien ce qu'il faisait en achetant le tableau et qu'ils sont ex æquo moralement même si l'autre s'est révélé plus habile pratiquement.

En relisant la plainte déposée par mon oncle au nom de la famille en 2017, on voit que si nous, la famille, on peut jouer le rôle des agneaux innocents et imbéciles (au sens que tout le monde les roule), Christie's et son acheteur peuvent difficilement se résumer, dans leur lien réciproque, entre le gentil et le méchant, sans naturellement que les fautes soient égales. Les gentils n'ont rien à faire dans leur rapport, sinon au sens de non-Juifs.

Extraits de la plainte :

Or le requérant a appris que l'un des tableaux spoliés par le régime nazi et appartenant à la collection personnelle d'Alfred LINDON était actuellement détenu par une galerie d'art suisse ;

Le requérant a en effet eu connaissance de ce qu'un tableau du peintre Alfred Sisley, intitulé *Premier jour de printemps à Moret*, de taille 46 × 56 cm, avait été vendu par la Maison de ventes Christie's de New York le 6 novembre 2008 à la galerie Dreyfus située à Bâle en Suisse ;

On relèvera que Christie's présentait la provenance dudit tableau comme suit :

« Camentron, Paris.

Galerie Durand-Ruel et Cie., Paris (acquired from the above, April 1892).

M. Perdoux, Paris

(acquired from the above, November 1923).

Wildenstein et Cie., Paris.

Acquired from the above by the family of the present owner, *circa* 1972. »

Or, il résulte des documents relatifs aux spoliations nazies mis à la disposition des héritiers par le ministère des Affaires étrangères que cette œuvre faisait partie des tableaux enlevés par les allemands à la Chase Manhattan Bank ;

En effet, il appert des listes E.R.R. [tel est le nom de l'état-major spécial allemand pour les territoires occupés] qu'il a été déposé le 10 décembre 1940 au Jeu de paume et répertorié sous le numéro LI 56 ;

Par ailleurs, il est établi que ce tableau a fait partie de l'échange n° 10 organisé par Rochlitz le 9 juillet 1941, pour le compte de Hermann Göring, de 18 peintures « dégénérées » – principalement issues des collections d'Alfred Lindon et Paul Rosenberg – contre un Titien le *Portrait d'une jeune femme* (Lavinia, sœur de Titien), acheté par Rochlitz en 1938 ;

Dès la fin de la guerre, Alfred Lindon adressa à la Commission de récupération artistique, en septembre 1945, un inventaire des œuvres non restituées, parmi lesquelles figure le tableau de Sisley *Le Printemps* ;

Celui-ci et ensuite ses héritiers ignoraient tout du sort réservé à ce tableau qui est finalement réapparu à l'occasion de la vente organisée par la société Christie's de New York le 6 novembre 2008 au terme de laquelle il a été acquis par la galerie Dreyfus, spécialisée dans la vente des tableaux de maîtres ;

Il n'est pas sérieux de prétendre que la société Christie's, qui dispose d'un service spécialisé dans la recherche des tableaux spoliés, ait pu ignorer l'origine d'un tel tableau et il est évident que la galerie Dreyfus, qui est un professionnel de l'art, aurait dû se renseigner sur sa provenance car l'absence de précisions sur plus de vingt ans dans le catalogue de Christie's est caractéristique des œuvres spoliées ;

On précisera que le requérant a alerté la galerie suisse en avril 2017, dès qu'il a appris que ce tableau de Sisley figurait à son catalogue, laquelle ne lui a apporté aucun élément de réponse, ne lui a fait aucune proposition de restitution et en tout état de cause ne l'a pas retiré de la vente.

Il faut espérer pour lui que le propriétaire de la galerie Dreyfus adore ce tableau et qu'il le gardera chez lui à le contempler tous les jours, car si Christie's n'était pas de bonne foi en le vendant tout en prétendant ignorer sa nature d'œuvre spoliée, la galerie pourrait difficilement aujourd'hui se réfugier derrière cette ignorance mensongère pour le vendre à son tour. Il semble que de Christie's à la galerie Dreyfus et de la galerie Dreyfus à Christie's, la bonne foi ne soit pas toujours de mise mais, encore une fois encore, certains considèrent l'argent comme une valeur supérieure à tous les aléas moraux. Et la galerie semble aujourd'hui être victime d'une intransigeance de Christie's – comme si, au lieu de dire comme nobles paroles « On ne transige pas avec la morale », la société assenait « On ne transige pas avec l'argent ».

Y a-t-il antisémitisme, aujourd'hui où la politique d'Israël aide malheureusement à le répandre ? Même l'article du *Figaro* avait suscité sur le site au moins une remarque dont l'auteur regrettait l'avidité familiale, comme si les nazis n'étaient somme toute pas si coupables d'avoir spolié l'œuvre et qu'il fallait en tout cas laisser cet ancien changement forcé de propriétaire suivre indéfiniment son cours. J'espère qu'au moins ce n'est pas pour ce mobile que Christie's se démène à maintenir la famille hors de toute réparation ou restitution décentes.

Je n'ai pas raconté que j'écrivais ce texte de crainte qu'on ne le prenne pour une tentative de chantage, ce que je souhaite éviter pour deux raisons opposées et chacune suffisante. Un, j'ai à l'égard du chantage une prévention morale et on a vu dans les pages précédentes comme il m'arrive de me piquer d'elle, la morale. Deux, *Le Monde* et *Le Figaro* s'étant révélés sans effet sur la conscience de Christie's et de François et François-Henri Pinault, il serait bien extraordinaire que, sans en outre pouvoir prétendre à l'impartialité des deux quotidiens, je me révèle plus efficace.

Mais l'histoire elle-même, l'interminable spoliation, je l'ai racontée à certains proches. Ainsi que le rôle qu'y tient désormais Justin, puisque, dans ce genre d'affaire, il faut bien que quelqu'un s'y consacre – sinon la déroute en rase campagne est assurée et quoique ça ne suffise pas à l'éviter –, et en l'occurrence c'est lui. Et je disais de lui « C'est l'affaire de sa vie », en vérité un peu comme un reproche. Et tous les amis à qui je le racontais m'ont repris en trouvant que c'était au contraire admirable que quelqu'un de sa génération fasse d'une telle spoliation (où son intérêt financier à lui est encore bien moindre que le mien) l'affaire de sa vie. Et j'ai été convaincu immédiatement, de sorte que mon ton n'était plus le même dès mon deuxième récit.

On connaît les vers de Boileau dans sa dixième satire : « L'honneur est comme une île escarpée et sans bords, / On n'y peut plus rentrer dès qu'on en est dehors. » Vers si fameux que Musset les a parodiés en racontant la malédiction frappant sa bourse au casino : « Ma poche est comme une île escarpée et sans bords, / On n'y saurait rentrer quand on en est dehors. » J'ai le désolant sentiment que Christie's et François et François-Henri Pinault sont plus intéressés à préserver leurs poches que leur honneur.

Quant à moi…

Quel lien entre les pages qui précèdent et celles-ci ? Il me semble que rappeler qu'il y avait du monde pour acheter le travail de mon arrière-grand-père quand il devait s'échiner à assurer que Toulouse-Lautrec n'en était pas l'auteur mais personne pour le vendre en son nom lorsqu'il s'agit des toiles des grands maîtres de sa collection est déjà un élément. Rappeler également le rapport qu'il avait et la famille après lui à une certaine expertise. Et estimer qu'on peut considérer l'affaire Dreyfus comme une étape vers la France des nazis. Donc voilà, même si je suis bien conscient qu'il y a un aspect trivial et riquiqui à passer des spoliations nazies et de leurs héritages à des remarques sur ma façon d'écrire.

Mon livre *Une archive*, consacré aux Éditions de Minuit dirigées par mon père et à ma famille, a suscité diverses interventions où il était considéré, avec plus ou moins d'humour ou de malveillance, comme mal écrit. Pourquoi pas ? Mais, en écrivant sur mon arrière-grand-père et cette affaire de Christie's, ça m'est revenu comme un symptôme.

Écrire mal est, d'une certaine façon, mon ambition revendiquée depuis mon premier jour d'écrivain, mon premier livre, la seule manière pour écrire vraiment bien, à ma manière, si écrire mal est écrire différemment des règles, fussent-elles littéraires, et l'occasion d'exprimer mon propre rapport au langage, ainsi que je l'explicite par exemple dans *Ce qu'aimer veut dire* : « Mais j'ai tendance aussi à dire "J'ai menti" plutôt que "Je me suis trompé", "Je peux te voler une minute ce crayon ?" plutôt que "Je peux t'emprunter ?", parce que c'est ainsi que la langue m'amuse, comme mon frère adolescent disait qu'il fallait "manger les médicaments", qui est ce que tout le monde fait mais que personne ne dit en ce terme. Me plaît qu'on injecte un peu d'inadéquation, de brutalité dans le langage, parce que je ne peux pas éviter que, quelle que soit la situation, si douce soit-elle, la brutalité et l'inadéquation en soient toujours la plus juste description. L'univers entier n'est qu'un euphémisme. »

Et j'écris dans *Je ne me souviens pas* : « Je ne me souviens pas, et j'en suis fier, que bien écrire est régi par des règles incontournables que je raffole de saloper. »

En vérité, je tâche surtout de me garder de toute posture, ce qui est une des raisons pour lesquelles je demeure journaliste, parce que, la nécessité le poussant sans un instant de répit, le véritable écrivain n'a pas une seconde à accorder à quoi que ce soit d'autre, dût son éventuelle famille en souffrir mille sangs. Mais refuser ouvertement la posture en est une, alors je le fais discrètement, quoique ce puisse être aussi ses lecteurs et même ses non-lecteurs qui en créent une à l'écrivain, ainsi que, à mon idée, mon roman *Il écrit* le décrit et le démontre, bien que la démonstration soit aussi peu mon fait que la description.

Je me garde de toute théorie autre que de faire ce que je veux, comme écrivain (et ce que je veux, je le veux dans des conditions honorables à mes yeux). C'est pour moi la seule manière d'écrire, bien ou mal ne sont alors que des détails dépendant aussi bien de la compétence que de l'incompétence des lecteurs. Ça me semble évident, le grand style, la solennité me sont des ennemis, et, en outre, c'est ouvertement revendiqué dans divers textes (dont d'ailleurs *Une archive*). J'en appelle à Jean Dubuffet, à sa manière de considérer qu'il n'y a qu'une façon de bien écrire et des pléthores d'écrire mal qui lui paraissent plus intéressantes (j'ai presque autant de respect pour lui comme écrivain que comme peintre et sculpteur).

Et, surtout, je cite Proust. En 1913, il écrit au critique Paul Souday du *Temps* qui lui reproche ses fautes de français (quand ce ne sont que des fautes d'impression, il est vrai) : « Mon livre peut ne révéler aucun talent ; il présuppose du moins, il implique assez de culture pour qu'il y ait invraisemblance morale [Proust écrit « qu'il n'y ait pas » par une erreur supplémentaire] à ce que je commette des fautes aussi grossières que celles que vous signalez. » Ce n'est pas me comparer à Proust de prétendre que me supposer analphabète manque de plausibilité.

Neuf ans plus tard, nouvel article de Paul Souday et nouvelle lettre de Proust, qui s'imagine pastichant un feuilleton de Paul Souday sur Marcel Proust, « qui ne sait pas un mot de la langue française ». Ce que Paul Souday a vraiment écrit, après s'être moqué de la taille du livre (à savoir *Sodome et Gomorrhe II* et surtout *À la recherche du temps perdu* parti pour battre « tous les records, ceux des Romain Rolland, des La Calprenède et des Scudéry ») est : « M. Proust est brouillé avec les temps, les modes et généralement avec la grammaire. » Proust en appelle à des grands noms de la littérature française : « Montesquieu, La Fontaine, sont pleins de ces sauts brusques qui, grâce à l'inobservance d'une loi grammaticale, donnent au tour une variété délicieuse. »

Et puis il y a une fameuse lettre à Mme Straus, celle qui est réputée avoir servi de modèle à la duchesse de Guermantes si tant est qu'il y ait des modèles : « Je ne dis pas cela *contre* M. Ganderax, qui a d'immenses qualités, un homme vraiment d'un format qui n'est plus très usité, qu'on verra de moins en moins, et que pour ma part je préfère à ceux de maintenant. Mais pourquoi, lui qui écrit si bien écrit-il ainsi ? Pourquoi quand on dit "1871" ajoute-t-il "l'année abominable entre toutes" ? Pourquoi Paris est-il aussitôt qualifié "la grande ville", Delaunay "le maître-peintre" ? Pourquoi faut-il que l'émotion soit inévitablement "discrète" et la bonhomie "souriante", et les "deuils cruels", et encore mille autres belles choses que je ne me rappelle pas. On n'y penserait pas si précisément Ganderax ne croyait quand il corrige les autres, ne croyait servir la langue française. Il le dit dans votre article "Les petites notes marginales que j'écris pour l'illustration et la défense de la langue française". Pour l'illustration, non. Pour la défense non plus. Les seules personnes qui défendent la langue française (comme l'Armée pendant l'Affaire Dreyfus) ce sont celles qui "l'attaquent". Cette idée qu'il y a une langue française, existant en dehors des écrivains, et qu'on protège, est inouïe. Chaque écrivain est obligé de faire sa langue, comme chaque violoniste est obligé de faire son "*son*". (...) Je ne veux pas dire que j'aime les écrivains originaux qui écrivent mal. Je préfère – et c'est peut-être une faiblesse – ceux qui écrivent bien. Mais ils ne commencent à écrire bien qu'à condition d'être originaux, de faire eux-mêmes leur langue. La correction, la perfection du style existe, mais au-delà de l'originalité, après avoir traversé les fautes, non en deçà. (...) La seule manière de défendre la langue, c'est de l'attaquer, mais oui Madame Straus ! (...) Hélas les plus beaux vers de Racine

Je t'aimais inconstant, qu'eussé-je fait fidèle [Hermione dit en réalité à Pyrrhus « Je t'aimais inconstant, qu'aurais-je fait fidèle ? »]

Pourquoi l'assassiner ? Qu'a-t-il fait ? À quel titre ?/ Qui te l'a dit ?

n'auraient jamais passé, même de nos jours dans la *Revue de Paris*.

Note, de M. Ganderax, en marge, pour la “Défense et l’Illustration de la langue française”. “Je comprends votre pensée ; vous voulez dire je t’aimais inconstant, qu’est-ce que cela aurait été si tu avais été fidèle. Mais c’est mal exprimé. Cela peut signifier aussi bien que c’est vous qui auriez été infidèle. Préposé à la défense et illustration de la langue française, je ne puis laisser passer cela.” »

On peut trouver exagéré d’offrir aux écrivains seuls le soin d’attaquer la langue, en tout cas ils font partie des combattants. Et, longtemps après la mort de Proust, mon éducation a fait que, depuis toujours, les mots « C’est bien écrit » sont teintés pour moi de ridicule. Sans que le mot « laid » me semble s'appliquer à mon travail (et comme ils étaient beaux les tableaux de maîtres de la main de mon arrière-grand-père, le Toulouse-Lautrec en tête), je me retrouve dans des phrases de Gertrude Stein évoquant la réception de son travail (dans le texte « Comment l'écrit s'écrit » recueilli dans *Lectures en Amérique*, traduit chez Bourgois) : « Vous savez que c'est ce qui se passe continuellement : on juge que c'est laid – c'est ainsi qu'on me juge depuis vingt ans. Et on a parfaitement raison, parce que c'est laid. Pour ma part, je pense que c'est beaucoup plus intéressant quand cela paraît laid, parce qu'on y voit l'élément de lutte. La littérature du siècle dernier est parfaitement facile à percevoir parce que le sédiment de laideur s'est déposé et il reste la splendeur de la beauté. Mais pour une personne de mon tempérament, c'est beaucoup plus amusant quand la littérature possède la vitalité de la lutte. »

Puisque Proust évoque l'affaire Dreyfus, où en effet c'était défendre l'armée que l'attaquer, il y a une autre lettre à Mme Straus où il s'indigne de l'élection de l'historien Schlumberger à l'Académie française, non « à cause de ses opinions mais de sa bêtise ». « Mais Schlumberg m'apparaît comme une honte nationale, comme le triomphe de ce qu'il y a de plus bas et de plus sot, du savoir sans intelligence et même, chose inouïe, sans sérieux ; ce savoir idiot dont le sérieux est la seule excuse est chez lui frivole. C'est aussi la bassesse devenue arrogante, la vilaine bave du reptile redressé, une vie dite de science (et en réalité d'une science qui ne comporte pas plus de compréhension et d'où ne résulte pas plus d'"élévation" que de la science du bridge), qui se couronne par le dévouement à des idées que Louis XVI trouvait surannées et Vauban barbares (…). »

Et, à propos de l'affaire Dreyfus proprement dite, avec toutes les nuances qu'elle permet cependant dans l'élégance et la hauteur d'esprit et d'émotion proustiennes, lettre à Mme de Noailles : « *Post-scriptum* à ma lettre pour vous dire que je trouve que Barrès a été bien courageux et noble l'autre jour à la Chambre. Dites-le-lui, et que je ne lui écris pas, parce qu'il faudrait que j'ajoute immédiatement que Dreyfus est tout de même innocent et que malgré ma grande pitié pour le général Mercier, c'est une fameuse canaille, et que tant de distinctions seraient fatigantes à écrire et à lire. Tout de même quand je pense que j'ai organisé la première liste de *L'Aurore* pour demander la révision et que tant d'hommes politiques, qui étaient alors des antidreyfusards forcenés, insultent à le faire mourir à la tribune ce vieillard de soixante-quinze ans qui avait eu le courage d'y monter, entouré d'une meute ennemie, et n'ayant rien à dire, sachant qu'il n'aurait aucun argument à donner, sinon que la procédure (de la cour de Cassation !) avait été *irrégulière*, *illégale* et à *huis clos* ! Ce serait d'un comique inouï si le journal ne disait : le général Mercier, très pâle, le général Mercier encore plus pâle ! C'est horrible à lire, car dans l'homme le plus méchant il y a un pauvre cheval innocent qui peine, un cœur, un foie, des artères où il n'y a point de malice et qui souffrent. Et l'heure des plus beaux triomphes est gâtée parce qu'il y a toujours quelqu'un qui souffre. »

Pour en revenir à de grands auteurs et toutes proportions gardées, je comprends (sans l'approuver !) que des critiques pourraient, par exemple, reprocher à Proust la longueur de ses phrases ou à Céline la fréquence de ses points de suspension. Pourquoi pas ? Ce qui me semblerait plus curieux, ce serait de croire faire une découverte en pointant ces défauts à la bonne marche régulière de la langue française, comme si, après avoir lu ces articles, Proust allait dire : « Tiens, c'est vrai, je suis trop bête. Il va falloir couper de points ces phrases interminables pour qu'elles tiennent sur deux ou trois lignes » et Céline : « Mais j'ai autant de points de suspension à moi tout seul que tout un régiment d'écrivains, j'y remédie illico. » Et Raymond Queneau, si on lui a expliqué que « Doukipudonktan » qui ouvre *Zazie dans le métro* ne respecte ni l'orthographe ni la grammaire, a-t-il seulement répondu, comme Christie's ou François et François-Henri Pinault pourraient faire : « Oh, pardon, je ne sais pas ce qui m'a pris » ?

Octobre 2024

Mon cœur tout seul ne suffit pas, 2008
En enfance, 2009
Ce qu'aimer veut dire, Prix Médicis, 2011
Une vie pornographique, 2013
Les hommes tremblent, 2014
Jours de *Libération*, 2015
Je ne me souviens pas, 2016
Rages de chêne, rages de roseau, 2018
Moi, qui que je sois, 2020
Hervelino, 2021
Vous les autres, 2021
Il écrit, 2023
Une archive, 2023
Le Monde comme démangeaison, 2025

Aux Éditions de Minuit

Nos plaisirs, Pierre-Sébastien Heudaux, 1983
Je t'aime, *récits critiques*, 1993

Composition : Soft Office

Achevé d'imprimer par
Normandie Roto Impression s.a.s.,
en septembre 2025.
N° d'éditeur : 2958 – N° d'édition : 672751
N° d'imprimeur : 2503813
Dépôt légal : octobre 2025
Imprimé en France
magasin@gallimard.fr